MW00979281

Les éditions la courte échelle inc.

Sylvie Desrosiers

À part rire et faire rire, Sylvie Desrosiers passe beaucoup de temps à écrire. Elle rédige, à l'occasion, des textes pour d'autres médias et elle collabore au magazine *Croc*, depuis le début.

Certains de ses livres ont été traduits en chinois et en danois. En plus de la littérature jeunesse, elle a publié un roman pour adultes et deux recueils humoristiques. Et elle se garde, bien sûr, du temps pour voyager et faire de longues promenades.

Méfiez-vous des monstres marins est le septième roman qu'elle publie à la courte échelle.

Daniel Sylvestre

C'est bien jeune que Daniel Sylvestre s'est mis à dessiner. Et ce goût ne l'a jamais quitté, puisqu'il est devenu illustrateur pigiste. Il a travaillé à des films d'animation, fait de l'illustration éditoriale pour des revues comme *Châtelaine, L'actualité* et *Croc*, du travail graphique et des affiches publicitaires. Bref, il s'amuse en travaillant et il amuse, par le fait même, petits et grands.

Daniel Sylvestre a reçu le prix Québec-Wallonie-Bruxelles pour *Je suis Zunik* et a été plusieurs fois finaliste au prix du Conseil des Arts.

Et pour ajouter encore quelques cordes à son arc, il joue de la guitare.

Méfiez-vous des monstres marins est le cinquième roman qu'il illustre à la courte échelle, en plus des six albums de la série Zunik et des couvertures de la série des Inactifs.

De la même auteure, à la courte échelle

Collection Roman Jeunesse

Série Notdog:
La patte dans le sac
Qui a peur des fantômes?
Le mystère du lac Carré
Où sont passés les dinosaures?

Collection Roman+

Quatre jours de liberté
Les cahiers d'Élisabeth

Sylvie Desrosiers

MÉFIEZ-VOUS DES MONSTRES MARINS

Illustrations
de Daniel Sylvestre

la courte échelle

Les éditions la courte échelle inc.

Les éditions la courte échelle inc.
5243, boul. Saint-Laurent
Montréal (Québec) H2T 1S4

Conception graphique:
Derome design inc.

Révision des textes:
Odette Lord

Dépôt légal, 1er trimestre 1991
Bibliothèque nationale du Québec

Données de catalogage avant publication (Canada)

Desrosiers, Sylvie, 1954-

    Méfiez-vous des monstres marins

    (Roman Jeunesse; 27)

    ISBN: 2-89021-146-0

    I. Sylvestre, Daniel.   II. Titre.   III. Collection.

PS8557.E87M45 1990   jC843'.54   C90-096491-X
PS9557.E87M45 1990
PZ23.D47Me 1990

Chapitre I
Un spécialiste un peu spécial!

Jacques «Les Bonbonnes» Grandfond était tout excité. Il allait enfin recevoir Allistair A. Tair, le grand spécialiste écossais des monstres marins.

— Je vais leur prouver que je ne suis pas un fou! répétait-il, en faisant les cent pas dans ce petit musée qu'il avait fondé, monté et administré tout seul: le musée Obobo.

— Oboqui? demandent souvent les étrangers.

Obobo, c'est le nom de la créature du lac Obomsawin. On ne se souvient plus qui a nommé le lac ainsi, mais

Obomsawin est un mot abénaquis qui signifierait: «Celui qui fait le feu et l'entretient.» La créature serait-elle alors une sorte de dragon? Et puis, est-ce un il ou un elle? Et encore, quel original a appelé un dragon Obobo? Quelqu'un à qui la créature aurait fait mal?

Nul ne peut le dire, car cette histoire remonte au temps où le pays n'était habité que par les Amérindiens. Au temps du règne de la nature et des légendes. Et de fait Obobo n'est qu'une légende pour bien du monde.

Mais Jacques Grandfond croit dur comme fer qu'Obobo existe vraiment. Et il le cherche depuis vingt ans, sans l'avoir jamais vu.

Son surnom «Les Bonbonnes» vient d'ailleurs du fait qu'il passe ses soirées, ses fins de semaine et même ses heures de lunch à enfiler son habit de plongeur pour explorer le lac. Sauf en hiver, évidemment, quand le lac est gelé.

— Ah! si j'étais riche! Je pourrais organiser des expéditions comme ils en font en Écosse, dans le Loch Ness. Avec scaphandre et bathyscaphe, rêve-t-il.

En attendant, il s'occupe de son musée.

Il y expose des dessins, des témoignages, des photos floues, des maquettes en plastique montrant Obobo sous tous ses angles et sur toutes les coutures.

Au village, tout le monde l'aime bien, le monstre marin. Certains disent l'avoir vu, le soir, au coucher du soleil, son long corps de serpent de mer glissant silencieusement sur l'eau calme.

D'autres affirment avoir failli mourir d'épouvante, alors que la bête en colère est venue à un cheveu de faire chavirer leur chaloupe.

D'autres encore l'ont attendu de longues heures, en vain, comme Les Bonbonnes.

Ou comme le petit Dédé Lapointe, un enfant de six ans qui, installé dans une crique isolée, lui lance des biscuits aux brisures de chocolat pour l'attirer.

Car Dédé, qui voit toujours des complots partout, croit que c'est Obobo qui lui a volé ses biscuits Ti-coq alors qu'il s'était endormi sur la plage au début de l'été. On a beau lui répéter que c'est probablement une mouffette ou un raton laveur, il préfère l'hypothèse Obobo.

Finalement, il y a ceux et celles qui n'y croient pas une miette, mais qui font semblant, la majorité en fait. Car il faut dire que Obobo attire de nombreux visiteurs espérant l'apercevoir. Ce qui veut dire de très bonnes affaires.

— En particulier pour Mme McDuff, grommelle Les Bonbonnes.

Mme McDuff est une Écossaise venue s'installer au village avec sa famille depuis l'automne. Elle arrivait tout droit des rives du fameux Loch Ness, demeure de la plus célèbre créature marine, Nessie.

Là-bas, elle faisait faire des petits tours de bateau sur le Loch, à la recherche de Nessie. Et, dès son arrivée au village, constatant qu'il y avait un monstre dans le lac et pas de bateau, elle s'est dépêchée d'organiser des tours.

Jacques Les Bonbonnes s'en veut de ne pas avoir eu cette idée avant elle. Cela lui aurait permis de quitter son emploi de caissier à la Caisse populaire, et de se consacrer entièrement à Obobo. De le voir peut-être, de le photographier et qu'on arrête alors de rire de lui et de son entêtement.

Il regarde les mauvaises photos que quelques rares chanceux ont prises de Obobo et il se demande:

— Mais pourquoi est-ce que personne n'a jamais réussi à en prendre une bonne?

C'est à peine si on peut distinguer sur la meilleure d'entre elles un cou long comme celui d'une girafe, avec tout en haut une petite tête chauve.

Jacques Grandfond soupire devant ces pauvres preuves.

— Mais mais mais, quelle est cette tristesse que je vois dans vos yeux?

M. A. Tair vient de faire son entrée.

Les Bonbonnes bondit pour lui souhaiter la bienvenue:

— Cher monsieur A. Tair! Quel honneur! Soyez le bienvenu dans notre bien petit village!

— Mais l'honneur est pour moi, monsieur Grandfond! Je suis très heureux de rencontrer celui qui a fait connaître l'existence de Obobo dans le monde entier.

Les Bonbonnes rougit de fierté et de vanité. Le visiteur lui tend la main:

— Dans ce voyage en Amérique du Nord, où je visite tous les endroits où on a vu des créatures, je me devais d'arrêter ici.

— C'est drôle, je vous imaginais autrement. Je veux dire que vous ne

ressemblez pas à vos photos, remarque
Les Bonbonnes.

— Je suis beaucoup mieux en personne, vous ne trouvez pas?

— Oui, évidemment, répond Les Bonbonnes qui ne le pense pas vraiment.

— Il ne faut jamais se fier aux photos,
n'est-ce pas monsieur Grandfond? On
n'a qu'à regarder celles de Obobo... Mais
voyons tout ça de près.

Et Allistair A. Tair commence à visiter
le petit musée. Grand, mince, avec de
longs favoris portés à l'ancienne mode, il
est tout le contraire de Jacques Les Bonbonnes, qui est petit et grassouillet malgré toutes ses heures de plongée.

En le regardant aller et venir, Jacques Les Bonbonnes eut soudain la certitude que grâce à lui sa vie allait changer.

Et c'est ainsi qu'après une longue conversation entre spécialistes, Allistair A. Tair décida d'aller explorer le lac, tout seul.

Et qu'il ne revint pas.

Chapitre II

Maman,
les p'tits bateaux
qui vont sur l'eau
voient-ils des monstres?

Dans les bureaux de l'Agence Notdog règne une certaine tristesse. C'est en effet la fin de semaine de la fête du Travail, ce qui signifie la fin de l'été et la fin des vacances.

Et aussi le retour à l'école. Ouache!

Installée dans un ancien stand à patates frites, dans la rue Principale, l'Agence de détectives Notdog ne ferme officiellement que demain. Mais en ce beau vendredi matin ensoleillé, John, Agnès et Jocelyne ont déjà commencé à faire le grand ménage.

John, douze ans, l'Anglais blond à lunettes rondes, est tout absorbé. Il emballe avec précaution sa lampe de poche un peu poussiéreuse. Il ne s'en est pas servi depuis l'Halloween. En fait, depuis l'affaire reliée à l'exposition sur les dinosaures*.

Agnès, du même âge, la jolie rousse qui porte des broches**, remplit une boîte. Elle y met des livres, des revues, des bandes dessinées, un jeu de scrabble, un jeu de serpents et échelles, des mots mystères, etc.: il faut bien se divertir quand on passe des heures à attendre les clients.

— L'année prochaine, il faudrait s'arranger pour avoir des jeux vidéo, dit-elle en fermant la boîte.

De son côté, Jocelyne finit d'enrouler une affiche représentant un cheval blanc au galop. Douze ans elle aussi, c'est une petite brune aux cheveux bouclés et au tempérament rêveur.

Elle dépose son affiche, s'appuie à la fenêtre et fait des *ballounes* avec sa gomme en regardant dehors.

---

* Voir *Où sont passés les dinosaures?* chez le même éditeur.
** Appareil orthodontique.

18

De sa place, elle peut voir le lac et, amarrée au quai, *La Blonde de Obobo:* c'est comme ça que s'appelle le bateau de Mme McDuff.

— Il y a déjà une file d'attente devant le guichet du bateau. Obobo doit donc être tanné d'avoir des millions de touristes sur la tête! dit-elle, en essayant de garder sa *balloune* soufflée.

Avec son esprit toujours critique, Agnès lui répond:

— Oui, si on croit qu'il existe, bien sûr. Toi, Jocelyne, tu crois toujours tout. Mais moi, je ne crois pas à ce que je n'ai pas vu, surtout pas à Oboulette, dit-elle en riant du nouveau nom qu'elle vient d'inventer.

John, qui termine enfin son paquet, est d'accord avec Agnès et ajoute très sérieusement:

— C'est vrai Jocelyne que tu es pas mal bidule.

Agnès lève les yeux au ciel:

— Crédule, John, on dit crédule, pas bidule! le reprend-elle. Elle le reprend d'ailleurs chaque fois qu'il fait une faute de français, ce qui veut dire pas mal souvent.

Jocelyne hausse les épaules:

— Je le verrai un jour, j'en suis certaine.

Elle s'avance vers la petite table qui leur sert de bureau. Elle ouvre le cahier ligné et regarde les notes prises par chacun d'eux sur leurs enquêtes:

— Un été tranquille, hein?

Agnès s'approche:

— Bien, il y a eu la disparition de la bicyclette du grand Paquette.

— Qu'il avait lui-même jetée dans un fossé en espérant que ses parents lui en achèteraient une neuve, c'est vrai, dit Jocelyne.

— Et le voleur de gâteaux à la pâtisserie de la mère Ingue? continue John.

Agnès fronce les sourcils:

— Ah oui! la mouffette...

— Elle t'a bien arrosée, merci! Tu en as eu pour trois jours à sentir mauvais! dit Jocelyne en éclatant de rire.

Agnès n'aime pas trop ce mauvais souvenir. Elle change donc de sujet:

— Et le vol des pompons jaunes en nylon au 5-10-15?

John s'exclame:

— Encore du Bob Les Oreilles Bigras! Il en avait mis plein sur sa moto. Hé que c'était laid!

Et les inséparables se racontent les détails du dernier coup du motard local, pas bien méchant, il faut le dire. Mais il a tout de même écopé de quelques jours de prison. Car ce n'est pas son premier mauvais coup.

On gratte à la porte. Jocelyne va ouvrir en sachant très bien qui est de l'autre côté: c'est le chien le plus laid et le plus fameux du village, son chien, le célèbre Notdog.

Il dépose devant elle ce qu'il considère comme un beau cadeau pour sa maîtresse, une vieille sandale pleine de boue.

— Encore! Mais qu'est-ce que tu veux que j'en fasse? dit-elle en lui enlevant la sandale de la gueule et en caressant quand même Notdog pour le remercier.

— Un autre soulier pour ta collection? ricane John.

— Je ne sais plus où les mettre! Hier soir, c'est une palme de plongeur qu'il m'a offerte!

C'est alors qu'en parlant de plongeur, elle aperçoit Jacques Les Bonbonnes, assis à une table de pique-nique sur la terrasse de Steve La Patate. Il a l'air complètement découragé.

Jocelyne lui fait un signe de la main et c'est à peine s'il soulève une main molle et lourde en guise de réponse.

— Oh, oh! Les Bonbonnes n'a pas l'air dans son assiette, dit-elle.

Agnès s'approche:

— Pourtant, il devrait être heureux maintenant que son spécialiste des monstres marins est ici.

Comme le musée n'est pas loin de l'agence, les inséparables l'ont en effet vu arriver la veille. Et ils ont eu l'occasion d'observer avec quel enthousiasme Les Bonbonnes a reçu son visiteur.

Même si tout le monde au village pense qu'il est un peu fêlé avec son obsession pour Obobo, les inséparables aiment bien le plongeur amateur. Justement peut-être parce que les autres le trouvent un peu fou. Et puis parce qu'il est doux et gentil.

Jocelyne l'appelle. Il se lève lentement et vient jusqu'à eux.

— Qu'est-ce qui se passe, Les Bonbonnes? Tu manques d'air? John rit de son bon mot, mais le plongeur le regarde tristement.

Il leur raconte sa journée d'hier et leur

apprend la disparition d'Allistair A. Tair. Puis, il éclate en sanglots:

— La police a retrouvé sa chaloupe. Renversée. Elle dérivait à l'autre bout du lac... On organise les recherches... C'est une catastrophe! C'est grave! Un homme s'est noyé, c'est terrible!... *(Il hésite.)* Et puis j'ai peur que les autorités soupçonnent Obobo et le considèrent comme dangereux! Ils vont alors essayer de le capturer!

Et Les Bonbonnes pleure de plus belle.

— Qu'est-ce que tu imagines là! Voir si le Chef va croire à Obouledogue! lance Agnès en haussant les épaules.

Jacques Les Bonbonnes la regarde sans comprendre de qui elle parle. Mais avant que Jocelyne ait le temps d'expliquer qu'Agnès donne toujours de faux noms à Obobo, des coups retentissent à la porte.

John se lève. Il ouvre et devant lui se tient un inconnu. Il est petit, porte une large moustache et des cheveux gominés séparés au milieu. Il tient une canne, porte des gants blancs et il est habillé d'un costume trois-pièces en laine.

John pense qu'il doit avoir bien chaud là-dedans et lui demande poliment:

— Oui?

L'inconnu s'avance:

— Je...

Il s'arrête aussitôt qu'il voit Les Bon-bonnes:

— Vous avez un client. Je reviendrai plus tard.

Mais Les Bonbonnes se lève:

— Je partais. Je suis déjà très, très en retard à la Caisse populaire. Et Mme Von Tritschler qui doit venir aujourd'hui!

Il sort, les épaules basses, triste. L'inconnu s'avance, prend la chaise libre, s'y assoit, appuie ses mains gantées sur sa canne, toussote:

— Je me présente: le comte Arbour. Mathématicien à mes heures. Que faites-vous ce soir, entre dix-neuf et vingt-trois heures?

Les inséparables se consultent du regard. Agnès répond pour les trois:

— On pensait louer un film de Martiens et le regarder chez moi. Pourquoi?

Notdog s'approche et commence à renifler les pieds de l'inconnu. Ce dernier ne dit rien pendant au moins trente secondes, regarde sa manche droite, y enlève un poil de chat qui colle, puis:

— J'aurais besoin de vous pour une opération de la plus haute importance. En fait, je vous veux comme témoins.

— Témoins de quoi? demande John.

— Eh bien voici...

Chapitre III

On cherche
midi à quatorze heures

— Pensez-vous que c'est un vrai aristochat? demande John aux deux filles.

— Aristocrate, John, on dit aristocrate, pas aristochat, le reprend d'abord Agnès. Et puis ça n'existe pas les aristocrates ici. En Europe oui, il y a des comtes et des lords, et des ducs et même des rois et des reines, mais pas au Québec.

Silence. John se balance sur sa chaise. Agnès fait des barbots sur le cahier. Jocelyne est à genoux et caresse son chien tout couetté.

— C'est peut-être un comte... pour enfants, blague-t-elle.

Les autres rient cinq secondes, puis le silence retombe. Tous trois sont pensifs.

— Comment ça se fait qu'il n'a pas d'accent, s'il vient d'Europe? demande John.

À cela, personne ne peut répondre. D'ailleurs, la question qui les préoccupe le plus est de savoir si le comte doit être pris au sérieux ou non.

Car il leur a avoué être absolument certain que Obobo sortirait de l'eau ce soir. Il a juré que d'après ses calculs, la créature apparaîtrait enfin! Mais il n'est pas sûr de l'endroit.

Il dit qu'il y a deux possibilités, c'est-à-dire aux deux extrémités du lac. Et comme il ne peut se trouver aux deux endroits en même temps, voilà ce qu'il est venu demander aux inséparables: surveiller de leur côté et prendre une photo si jamais Obobo apparaît là où ils seront postés.

Comme d'habitude, Agnès est sceptique:

— D'après ses calculs, comme il dit... d'accord, mais qu'est-ce qui nous prouve que ses calculs sont exacts? Que c'est un vrai mathématicien?

— Rien, répond John. Mais rien ne prouve non plus que c'est un imprimeur.

— Un imposteur, John, pas un imprimeur, le corrige Agnès automatiquement.

— Pourquoi ne pas vérifier auprès de ceux qui peuvent savoir quelque chose? Il y a Les Bonbonnes et Mme McDuff aussi, comme ça on sera fixés peut-être, suggère Jocelyne.

Agnès soupire:

— J'aimerais beaucoup mieux partir à la recherche d'Allistair A. Tair, qui est une vraie personne disparue, qu'à la recherche d'un monstre marin dont on n'a jamais prouvé l'existence.

— Oui, mais personne ne nous l'a demandé, précise John.

— On a souvent réglé des affaires sans ça... réplique Agnès.

— Vraie personne ou faux monstre, le fait est qu'on a maintenant un VRAI client, le comte Arbour, dit Jocelyne.

Agnès s'incline:

— Tu as raison.

On décide alors que Jocelyne ira voir du côté de Mme McDuff. Qu'Agnès ira à la Caisse populaire parler à Jacques Les Bonbonnes. Et que John restera à l'agence pour y attendre le comte Arbour qui doit revenir au début de l'après-midi, porter un polaroïd et une lunette d'approche.

***

Arrivée en vue du quai de *La Blonde de Obobo*, Jocelyne est obligée de faire ce que Notdog déteste le plus au monde: elle lui met une laisse. Il commence alors à bouder.

— Le jour où toi et McToffe allez devenir amis, je vais laisser tomber la laisse, lui dit-elle en l'attachant à un pilier.

McToffe, c'est un mélange de caniche et de berger allemand noir et blanc. C'est le chien de Mme McDuff. L'ennemi juré de Notdog après le facteur. McToffe est justement allongé à côté du guichet.

«Mausus de gros chien mou mité mal mélangé», pense Notdog au moment où il l'aperçoit. Du moins, c'est l'impression qu'il donne avec son regard dédaigneux. Jocelyne le laisse à sa mauvaise humeur et va vers Mme McDuff. Elle se place dans la file et attend son tour.

Une affiche épinglée au mur annonce:

LES CROISIÈRES MCDUFF,
CE N'EST PAS DU BLUFF,
SI OBOBO VOUS INTÉRESSE
VOUS ÊTES À LA BONNE ADRESSE!

Un guide en bermudas jaune orange finit d'acheter les trente-deux billets des trente-deux Japonais qui sont venus en autobus climatisé visiter le village et son monstre. Il laisse enfin sa place à Jocelyne.

— Bonjour, madame McDuff.

Avec sa grosse face rouge et ses dents tachées par le thé, Mme McDuff lui sourit amicalement:

— Encore toi? Ça fait dix fois cet été au moins que tu fais un tour de bateau! Mais tu as raison, c'est peut-être aujourd'hui que tu verras Obobo. Ça ne me surprendrait pas, d'ailleurs...

— Euh! justement, je me demandais si, enfin, l'avez-vous déjà vu, vous?

— Moi? Mais bien sûr que je l'ai vu! Il était là, devant le bateau, avec une drôle de tête comme celle d'un chien, et il se dirigeait vers nous. Une fois tout près, il a soudainement ouvert la gueule. Et il avait des dents longues comme celles d'un tigre!

— Et?

— Et... euh!... il a plongé. Oui, c'est ça, il a plongé.

— Et les passagers l'ont-ils vu aussi?

— Non, j'étais toute seule, c'est bête, hein?

«Encore des mensonges», pense Jocelyne. Puis:

— Justement, j'ai entendu dire que ce soir, il y a de grosses chances que Obobo apparaisse. Qu'en pensez-vous?

Le sourire de Mme McDuff se fige:

— Qui t'a dit ça? demande-t-elle les yeux écarquillés.

— Oh! une rumeur.

— Une rumeur, hum! Disons qu'il y a autant de chances que d'habitude. Bon, dépêche-toi, il y a du monde qui attend, ajoute-t-elle, sur un ton étonnamment impatient.

— Bon, bon, merci.

Désappointée d'être renvoyée si vite, Jocelyne quitte le guichet et va détacher Notdog. Elle voit Mme McDuff se lever, poser une pancarte DE RETOUR DANS UNE DEMI-HEURE, fermer le guichet et s'en aller à toutes jambes.

**

Dans une autre file, Agnès attend. Au guichet de Jacques Les Bonbonnes, le chef de police pose des questions.

— Tu es le dernier à l'avoir vu, ce M. A. Tair. Qui me dit que ce n'est pas toi qui l'as fait chavirer?

— Moi? s'exclame Les Bonbonnes, outré.

— Oui, toi, pour nous faire croire à

tes histoires de Obobo?

— Mais voyons, Chef, vous savez bien que je ne ferais jamais de mal à quelqu'un! Ni de mal à une mouche comme on dit. Je n'écrase même pas un maringouin en train de me piquer!

— Ouais! dans le fond, Grandfond, tu es un peu trop nono pour échafauder des plans comme ça...

— Vous êtes venu pour m'insulter? s'indigne le caissier.

— Non, pour retenir tes services de plongeur, ce soir. Nous allons chercher ce A. Tair jusqu'à ce qu'on le trouve. A-t-on idée de s'appeler A. Tair. Et... tu es le seul qui n'a pas peur de rencontrer le monstre, lance le Chef en riant de lui.

Les Bonbonnes jette sur le Chef un regard glacial. Sur ce, la porte s'ouvre. Mme Von Tritschler apparaît, grande, chic, mince, portant une petite boîte métallique.

Elle se dirige vers Jacques Grandfond et passe carrément devant Agnès. Le Chef se retire en disant au plongeur qu'il l'attend au poste à dix-neuf heures et en saluant la dame allemande. Elle lui répond d'un petit sourire et s'adresse à Jacques

34

Les Bonbonnes:

— Bonchour, monzieur Granvond. Foilà le paquet.

— Comme chaque année, lui répond Les Bonbonnes.

— Foui, comme d'hapitoude.

Les Bonbonnes lui ouvre le portillon qui sépare les employés des clients et disparaît avec elle.

***

Quant à John, il est assis sur les marches de l'agence, en compagnie de Dédé Lapointe, venu lui faire une petite visite.

— Les brisures de chocolat, ça marche pas.

— Qu'est-ce que tu vas faire, alors, l'attirer avec de la poutine? demande John.

Dédé réfléchit cinq secondes et répond candidement:

— Je vais essayer avec des chips au vinaigre.

Une voiture de grand luxe s'arrête juste en face. Un homme en sort, les regarde, enlève un prospectus coincé sous l'essuie-glace et repart.

— C'est le secrétaire de Mme Von

Tritschler, dit Dédé avant que John pose
la question.

    — Ah! répond John avec indifférence.

  Mais cette image-là fait une profonde
impression sur lui...

Chapitre IV
Un dîner d'affaires...
pas claires

Personne n'a mangé à midi. Aussi John, Agnès et Jocelyne décident d'aller prendre une bouchée chez Steve La Patate, situé juste à côté de l'agence.

Dans le restaurant, ça sent bon la graisse de patates frites, le vinaigre et la salade de chou. Agnès commande une frite-sauce; Jocelyne, un hamburger ketchup-fromage et des rondelles d'oignons frits; et John, un hot-dog moutarde-chou.

Ils prennent chacun une serviette de papier dans le distributeur. Et deux fourchettes en plastique blanc. La première, pour manger, la deuxième au cas où ils casseraient la première. Ce qui arrive souvent avec les fourchettes trop minces de Steve qui refuse encore d'en offrir en métal. Mais ça viendra: ça fait tellement moins de gaspillage!

— Donc il n'est pas resté trop longtemps, le comte, commence Agnès, en soufflant sur sa patate-sauce trop chaude.

— Il a fait ce qu'il avait dit: apporter l'équipement. Pensez-vous que le flash du polaroïd peut effacer Obobo? demande John.

— Effrayer, John, pas effacer, effrayer, le corrige Agnès.

— Oui, bon, comme tu dis, marmonne John, un peu exaspéré de toujours être repris par elle.

Jocelyne rajoute un peu de ketchup dans son hamburger:

— En tout cas, je trouve que le comte a raison quand il dit que si on le photographie, ce sera un honneur pour nous. Je nous vois en première page du *Journal du village,* avec comme titre: «Les inséparables réussissent à résoudre un autre mystère, celui de Obobo!»

— *Wow!* Peut-être qu'après, Steve La Patate nous laisserait manger ici gratuitement! rêve John en croquant dans son hot-dog.

— Oui, bon, on verra. Pour le moment, on doit discuter d'autre chose, dit Agnès.

Jocelyne leur rapporte le comportement bizarre de Mme McDuff:

— Quand je lui ai parlé de la rumeur disant que Obobo apparaîtrait ce soir, le rouge de sa figure a quasiment viré au mauve! Et elle s'est dépêchée de partir, même si d'autres clients arrivaient.

— Je me demande qui elle allait rencontrer... dit Agnès, soupçonneuse.

— Peut-être le comte? Peut-être qu'ensemble ils ont arrangé l'apparition d'un monstre pour attirer plus de messagers? suggère John.

— De passagers, tu veux dire, dit Agnès.

John se contente de hocher la tête.

— Dans ce cas-là, pourquoi le comte serait-il venu nous voir? Car, si c'est le cas, il y aura plein de témoins sur le bateau. Ça ne va pas, dit Jocelyne.

— Il y a toujours Les Bonbonnes. À la caisse, le Chef a suggéré qu'il avait manigancé la disparition de A. Tair, raconte Agnès.

John et Jocelyne s'écrient:

— Les Bonbonnes? Il est trop doux pour ça!

Ce à quoi Agnès répond:

— C'est vrai, mais qui sait?

Jocelyne l'admet:

— Il ne faut jamais se fier aux apparences, c'est sûr. Mais j'ai de la misère à croire ça.

John est plutôt d'accord avec Agnès:

— Vous ne trouvez pas qu'il en mettait un peu trop, hier, quand il nous a appris la disparition de A. Tair? Les larmes et tout, c'est exagéré pas mal...

— Je ne sais pas, il est tellement sensible, répond Jocelyne.

Là-dessus, les inséparables se replongent dans leurs pensées et dans leurs assiettes. Tout ça est bien confus.

Après avoir fini son repas, Agnès reprend la conversation sur un autre sujet:

— J'ai vu la fameuse Mme Von Tritschler à la caisse. Il faut vraiment être très riche pour avoir une si grande maison près d'ici et n'y venir qu'un mois par année. Elle a d'ailleurs disparu dans le coffre-fort avec Les Bonbonnes.

— Moi, j'ai vu son secrétaire, ajoute

John.

Il repense à la scène sans importance, mais soudain un demi-déclic se fait dans sa tête. Le secrétaire lui rappelle quelqu'un, mais il n'arrive pas à savoir qui...

— Prochaine étape ce soir, dit Jocelyne.

Agnès sourit:

— Oui, avec la chasse à Oboule-à-mites.

Chapitre V

Pendant que les vigies veillent, Notdog vogue

Le lac Obomsawin a le calme des après-soupers sans vent. Pour la croisière de vingt heures, *La Blonde de Obobo* sera pleine à craquer. Déjà, les gens se pressent pour avoir les meilleures places.

Il fait beau, et le coucher de soleil derrière la forêt de sapins est une splendeur. Tout à l'heure, le ciel sera rempli d'étoiles, et la lune éclairera le lac presque comme en plein jour.

Ça facilitera la tâche des inséparables. Et celle des effectifs de police qui cherchent depuis hier Allistair A. Tair. Le Chef a fait appel à tous ses hommes, ce qui veut dire deux en tout.

Il ne reste au poste qu'un secrétaire pour prendre les appels. Ce qui n'est pas trop alarmant, puisqu'il ne se passe jamais grand-chose au village. Surtout quand Bob Les Oreilles Bigras est en prison.

Les Bonbonnes participe aux recherches, bien sûr, ainsi qu'un plongeur d'un village voisin qui le relaie de temps en temps, histoire de se reposer.

À l'extrémité nord du lac, John, Jocelyne et Agnès s'installent. Ils ont apporté une petite couverture pour s'asseoir. Sinon, avec la rosée du soir, ils auront les fesses mouillées et ils attraperont toutes sortes de maladies des plus terribles; c'est du moins ce qu'affirme la mère d'Agnès, qui voit des bobos partout.

Ils sont assis dans l'herbe jaunie par le soleil, loin de toute âme qui vive. Car l'endroit assigné par le comte est difficile d'accès et même dangereux, puisqu'on n'y trouve que failles et crevasses cachées par des arbustes touffus. On l'appelle d'ailleurs: le Boutte de Toutte.

John surveille le lac avec la lunette d'approche. Jocelyne vérifie s'il y a bien un film dans le polaroïd. Et Agnès s'ennuie déjà. Elle aurait aimé cent fois mieux participer aux recherches pour retrouver Allistair A. Tair.

Notdog aussi s'ennuie. Ou plutôt il ne tient pas en place.

— Bon, d'accord, va faire un tour, mais fais attention où tu te mets le nez, l'avertit Jocelyne.

«Un fou encore!» pense Notdog qui se souvient trop bien de son effroyable aventure du début de l'été. Il ne voulait que le sentir ce porc-épic, et voilà que l'horrible animal tend ses pics et lui en enfonce dix dans le museau.

Il a failli mourir de douleur! Le vétérinaire a même dû l'endormir pour retirer les instruments de torture. S'approcher d'un porc-épic? Plus jamais!

Il part donc se promener. Plus précisément, il suit son nez, collé à terre, toujours à la recherche d'un vieux soulier pour Jocelyne ou de quelque chose qui serait bon à manger, même s'il est très bien nourri. Certains disent même qu'il est un peu obèse. Mais ils le disent en cachette pour ne pas fâcher Jocelyne.

Notdog prend des chemins que seul un chien peut prendre. Il passe sous de larges branches qui touchent presque le sol. Il frôle l'écorce des sapins, et de la gomme lui colle alors au poil, l'imprégnant d'une odeur d'arbre de Noël.

Il franchit un ravin d'un élan courageux. Il traverse un ruisseau en se mouillant les pattes. Il reniffle des tas de petites boules noires, crottes de lapin au beau milieu d'un sentier.

Il regarde deux bébés renards filer à toute allure, petites têtes jaune orange aux oreilles et au nez pointus. Il court après un écureuil plus rapide que lui et qui, une fois qu'il est bien haut dans un érable, pousse des petits cris en ayant l'air de dire: «Niaiseux, niaiseux!»

Il gambade joyeusement dans une clairière et soudain, il tombe nez à nez avec un porc-épic. Une mère porc-épic avec ses deux petits qui la suivent.

«Ah non, pas cette fois-ci!» grogne-t-il.

Il recule lentement, fait quelques pas vers la gauche, renonce à aller vers la rivière où il se dirigeait et décide de couper par le pré. Ce fut une chance finalement, cette rencontre qui l'a obligé à changer de chemin; car c'est là qu'il est tombé sur un objet inhabituel.

***

Agnès a dit à sa mère qu'elle allait dormir chez Jocelyne, comme elle le fait souvent.

John a supplié ses parents de le laisser rentrer tard. Il les a assurés que l'oncle de Jocelyne, qui en a la garde, irait le reconduire, ce que ce dernier a confirmé.

L'oncle Édouard croit donc que les inséparables sont à la maison en train de regarder des vidéos. Il est à sa tabagie jusqu'à vingt-trois heures et rentre quinze minutes après. Il faut donc que les enfants soient rentrés à ce moment-là.

Tout est calme, désespérément calme. Pas un bruit, pas une ombre sur l'eau.

Soupir. Soupir. Et re-soupir.

C'est alors que Notdog arrive avec sa trouvaille dans la gueule. Jocelyne la saisit:

— Regardez! Un des gants blancs du comte! Est-ce qu'il n'est pas censé être de l'autre côté du lac?

Chapitre VI

Voulez-vous jouer
au paquet voleur?

John tourne et retourne le gant dans ses mains; il est sale et déchiré au pouce.

— Il est peut-être arrivé une apostrophe?

— Une catastrophe, John, pas une a-postrophe, une catastrophe, rectifie Agnès.

— Je crois qu'on ferait mieux d'aller inspecter un peu de ce côté-là, suggère Jocelyne en pointant le gant du doigt.

Agnès, cela a déjà été dit, ne s'intéresse qu'à la recherche d'Allistair A. Tair. Elle n'aime donc pas trop l'idée. Et puisqu'il faut quelqu'un pour surveiller le lac:

— Allez-y tous les deux, je suis bien capable de guetter Obobette et de le photographier... s'il apparaît, ajoute-t-elle avec un petit rire ironique.

Il est vingt heures quarante-cinq lorsque Jocelyne et John partent à la suite de Notdog.

Dans la faible clarté de la nuit tombée, les branches trop noires leur frappent le visage. Ils glissent dans les ravins, se tordent les pieds dans les crevasses. Ils se font piquer partout par des maringouins attardés en cette fin d'été. Mais comme ils sont habitués à ces explorations avec Notdog, ils se sont endurcis à ce genre de rallye.

Arrivés au pré, ils fouillent les alentours à la recherche d'un indice quelconque. Ils tâtent le sol, mais leurs doigts ne touchent que de l'herbe mouillée et de la terre humide. Ils soulèvent des roches, mais n'y trouvent que des milliers d'insectes dérangés dans leurs mystérieuses activités. Ils scrutent chaque parcelle de terrain.

Rien.

Ils finissent par s'asseoir sur une grosse pierre plate. Jocelyne s'adresse alors à son chien:

— Écoute, Notdog. On ne trouvera rien ici. Et on n'a pas de piste. Mais toi, tu as un nez.

— Un genre de nez, oui. On dirait une *moppe,* ricane John.

Jocelyne ne relève pas l'offense, ce n'est pas le moment. Car elle essaie de convaincre Notdog de jouer les chiens de chasse.

Il lui donne la patte en guise d'accord, tout excité de jouer enfin à un jeu intéressant. Il renifle le gant et commence à tourner en rond, le nez collé au sol. Puis le rond s'élargit de plus en plus. Et finalement, il quitte le pré pour s'aventurer une fois encore dans les bois.

***

De sa place humide, Agnès observe le lac par acquit de conscience. Elle soupire. *La Blonde de Obobo* passe au loin. Elle frissonne un peu. Soudain, elle entend un bruit de mouvement d'eau. Comme si quelque chose de gros y bougeait. Elle plisse les yeux pour bien voir. Une forme noire surgit.

***

Essoufflés par leur course derrière Notdog qui se croit aux Jeux olympiques, John et Jocelyne arrivent en vue d'un chalet en bois rond complètement isolé.

Leur expérience de détectives les fait s'avancer avec précaution, sans bruit. On ne sait jamais quel danger nous attend. Jocelyne ordonne à Notdog de s'asseoir et de se taire.

Ils s'approchent d'une fenêtre, sur le côté de la maison. Il y a de la lumière. Discrètement, ils regardent à l'intérieur.

Sur un sofa est étendu Allistair A. Tair.

— Tu crois qu'il est mort? chuchote John.

Jocelyne n'a pas le temps de répondre. Allistair A. Tair ouvre les yeux.

C'est alors que la porte qui donne sur le devant de la maison s'ouvre. Quelqu'un entre avec une assiette et un couteau.

— J'aurais peut-être pas dû jeter les os des *T-bone* dehors, ça va attirer les animaux. Qu'est-ce que tu dirais d'une petite partie de paquet voleur, mon cher A.? suggère-t-il.

Jocelyne demande à voix basse:

— Qui c'est, cet homme-là?

— Le secrétaire de Mme Von Tritschler! souffle John.

Allistair A. Tair se lève et s'installe à une table tout près de la fenêtre où sont postés les deux inséparables. L'autre l'y rejoint. Il mêle les cartes. John et Jocelyne retiennent leur souffle. A. Tair s'adresse alors à son compagnon:

— Tu es bien nerveux. Relaxe! Calme tes nerfs!

— On voit que c'est pas toi qui vas pénétrer dans la Caisse populaire, dit le secrétaire.

— Je t'ai déjà expliqué cent fois comment neutraliser le système d'alarme. Tout ira comme sur des roulettes.

— J'aurais aimé mieux que tu le fasses toi-même.

— Tu sais bien que tout le monde me cherche. Si quelqu'un me voyait au village, tout serait à l'eau, explique A. Tair.

— Si près du but... marmonne le secrétaire.

— On pourra en tirer certainement deux millions, ajoute A. Tair.

— Oui, deux millions de dollars au moins pour Obobo. C'est ce qu'il vaut, conclut le secrétaire.

John et Jocelyne se regardent. Quel

rapport y a-t-il entre Obobo et la Caisse populaire?

Un craquement de branche se fait entendre. Puis, le chich, chich, chich! de quelque chose qui s'avance en frôlant des feuilles.

C'est Notdog qui voit en premier l'animal attiré par l'odeur des os. «Ah non, encore un porc-épic!» pense-t-il. Cette fois-ci, il décide de faire volte-face et se met à aboyer en s'élançant vers lui pour lui faire peur.

John et Jocelyne ont une demi-seconde à peine pour rouler sous la galerie. Car les deux hommes sortent précipitamment de la maison.

Ils en font le tour. Et leurs pieds s'arrêtent juste devant les inséparables qui cessent de respirer. Le secrétaire aperçoit Notdog et le porc-épic:

— C'est le chien affreusement laid que j'ai vu à l'agence de ces enfants détestables! Dis-moi pas qu'ils sont ici!

Furieux, ils se mettent à chercher partout.

Sous la galerie, quelques souris passent et repassent devant John et Jocelyne. «S'il vous plaît, ne faites pas de bruit»,

supplient-ils en silence.

Les deux hommes vont voir dans la remise attenante. Ils soulèvent ensuite une porte qui traîne. Puis, Allistair A. Tair se penche pour regarder sous la galerie.

Une minuscule souris grise lui frôle le nez avec sa queue en passant à toute vitesse.

Paniqué, A. Tair saute sur un billot de bois en criant. Le secrétaire éclate de rire:

— Tu as peur des souris maintenant?

— Je voudrais bien te voir en face d'une souris géante qui t'attaque avec ses longues dents! se défend A. Tair, gêné.

— Descends de là, nono. On rentre, allez. Il y a personne ici. Ce chien court après les porcs-épics, c'est tout. Il est pas dangereux. Mais je suis pas tranquille, ces enfants-là m'inquiètent. Je crois qu'on va devancer le cambriolage, mon cher A. Tair, propose le secrétaire.

— Tu as raison, l'acteur, pars tout de suite.

John et Jocelyne se regardent en silence, surpris: l'acteur?

Chapitre VII

La nuit, tous
les monstres sont gris

Agnès a eu peur, vraiment peur. Pendant quelques secondes, elle y a cru. Le temps que la forme noire sorte complètement de l'eau, elle en a même été convaincue. Elle était prête, le polaroïd dans les mains.

Mais Obobo avait un masque, des palmes et des bonbonnes. Ce n'était pas Obobo qui surgissait devant elle: c'était tout simplement Jacques Les Bonbonnes.

Les Bonbonnes pensait avoir trouvé un petit coin où il n'y aurait personne. Il était en train de chercher le corps de Allistair A. Tair mais, fatigué, il a décidé de nager loin du Chef et de se reposer un petit quinze minutes à l'écart. Il ne s'attendait pas à se trouver nez à nez avec Agnès.

— Qu'est-ce que tu fais là, toi, toute seule dans le noir et si loin de chez toi?

Agnès hausse les épaules:

— J'attends un monstre qui n'existe pas, figure-toi. C'est niaiseux pas mal...

— Comment ça, niaiseux? Comment ça, qui n'existe pas?

«Ça y est, je vais avoir droit au discours», pense Agnès, déjà ennuyée. Et Les Bonbonnes enchaîne en effet:

— Tu sauras, ma petite fille, que Obobo a été vu par 107 personnes entre 1801 et 1989.

Il attend, sûr de son effet. Agnès n'a rien à répondre à ça.

— Tu n'y crois vraiment pas, n'est-ce pas, Agnès?

Elle fait signe que non.

— Tu ne crois pas à Memphré non plus, j'imagine.

— Qui?

— Memphré, la bête du lac Memphrémagog. Vue par 137 personnes entre 1816 et 1987.

— Un conte pour bébés.

— Ni à Champ, la bête du lac Champlain, vue par 300 personnes.

— Une légende.

— Hum, hum! Et tu ne crois pas non plus à Ponik, la bête du lac Pohénégamook, près de la frontière entre le Québec et le Maine.

— Une autre invention.

— Ni à Manipogo, le monstre du lac Manitoba. Les premiers à l'avoir vu, ce sont des Assiboins. Tu ne crois pas plus les Amérindiens que les autres, je suppose.

— Pas plus. Est-ce qu'il y en a encore beaucoup comme ça? demande Agnès, sur un ton on ne peut moins intéressé.

— Oh! il y aussi Kingstie, à Kingston, là où se rejoignent les Grands Lacs et le fleuve Saint-Laurent. Et Ogopogo, habitant le lac Okanagan en Colombie-Britannique. Tu sais, Ogopogo a été filmé pendant 55 secondes! Et en couleurs! Des dizaines de milliers de personnes viennent visiter Ogopogo chaque année. C'est le Nessie du Canada anglais.

— Nessie...

— Nessie, le fameux monstre du Loch Ness, en Écosse. La plus célèbre d'entre toutes les créatures marines du monde!

J'y suis même allé, au Loch Ness. Et c'est là que j'ai pris mon idée pour le musée. Ah! si je pouvais en avoir un aussi beau que celui-là!

— Tu as vu le musée, mais Nessie? demande Agnès.

— Non... Je n'ai pas eu de chance... c'est tout. Mais des centaines de personnes les ont vues, ces créatures! Mais toi, tu n'y crois toujours pas, évidemment.

— Je ne savais pas qu'il en existait autant. Et à quoi elles ressemblent, ces bêtes imaginaires?

Sans relever le qualificatif qu'il trouve très déplacé, le plongeur répond:

— La plupart d'entre elles ressemblent à des serpents de mer géants. Mais elles changent de têtes. On dit de celle-ci qu'elle a une tête de girafe; de celle-là, une tête de chien. De Memphré par exemple, on dit qu'il a une tête de cheval.

— Ouais! des histoires. Par exemple, toi, ça fait au moins mille fois que tu plonges dans le lac! Et tu n'as jamais même vu l'ombre de ton Obobo! Comment ça se fait que tu y crois si fort? Que tu le cherches encore? Est-ce que ce n'est pas juste pour attirer des touristes à

ton musée?

— Tu penses ça, toi aussi? dit Jacques Les Bonbonnes, soudain triste.

Agnès hésite:

— Euh! je ne sais pas... je répète ce qu'on dit... je ne voulais pas te faire de peine. Euh!... je n'y crois pas à Oboule-de-neige, mais je trouve que ton musée est super beau. Tu sais, c'est le plus beau musée que j'ai vu même.

— Oboule-de-neige?

— Oui, euh! je lui donne des noms, ça m'amuse. C'est joli, non?

Mais Les Bonbonnes ne répond rien, fixant l'eau noire devant lui.

Agnès détourne les yeux. Et fixe l'eau, elle aussi, en silence.

Chapitre VIII

Youppe, youppe, sur la rivière, vous ne compterez guère...

Dans la rue Principale, tout est calme. Les magasins sont fermés et les vitrines éteintes. Les passants se font rares aussi. À peine entend-on les rires éloignés de quelques clients attardés à la terrasse de l'Auberge Sous Mon Toit.

Dans son coin, la Caisse populaire est mal éclairée par un lampadaire contenant une ampoule de 60 watts tout au plus. Un gros chat sans queue fouille une poubelle et en ressort, déçu. Il n'y a trouvé que les rubans troués du papier d'ordinateur. Ça ne nourrit pas son chat.

Longeant les murs, regardant à droite, à gauche, en avant et derrière lui, le comte Arbour avance avec précaution. Il ne veut surtout pas être vu dans les parages.

Arrivé près de la Caisse populaire, il se tapit dans l'ombre, étudie la situation. Tapotant sa bouche avec les doigts de la main droite, il murmure pour lui-même:

— Bon, neutraliser le système d'alarme. Pas de panique... Une fois la porte ouverte, j'ai trente secondes pour le faire...

De leur côté, John, Jocelyne et Notdog font aussi vite qu'ils peuvent.

— On aurait dû venir à bicyclette! chicane John.

— Et comment on aurait pu avancer dans les bois? demande Jocelyne, hors d'haleine. Elle se dit d'ailleurs que tout irait tellement mieux si, comme Notdog, elle avait quatre pattes.

— Penses-tu qu'Agnès va être tachée pour toujours? s'inquiète John.

Jocelyne se retourne vers lui et montre un large sourire:

— Comme dirait Agnès, fâchée, John, on dit fâchée, pas tachée. Elle n'aurait pas de raison, puisque c'est elle qui n'a pas voulu venir avec nous. Et on n'a pas le temps d'aller la chercher.

Allistair A. Tair et le secrétaire de la chic Mme Von Tritschler ont convenu de se retrouver au chalet en bois rond à vingt-trois heures. Si son complice manque le rendez-vous, Allistair A. Tair conclura qu'il est arrivé quelque chose.

Alors, il ira vite traverser la frontière des États-Unis pour être en lieu sûr. Le secrétaire pourra l'y rejoindre lundi à midi, devant le magasin général, dans le petit village de X.

Au loin, Jocelyne aperçoit le feu jaune clignotant installé à l'entrée de la rue Principale. Elle réfléchit:

«Il est déjà vingt-deux heures. J'espère qu'on arrivera avant le secrétaire, puisqu'on a pris des raccourcis. Pas question d'aller chercher de l'aide au poste de police: le temps de joindre le Chef et qu'il arrive, il sera trop tard. Car le Chef est à l'autre bout du lac en train de chercher un corps qu'il ne trouvera jamais. C'est à nous de jouer et de capturer le secrétaire. Mais comment?»

***

La serrure a sauté sans trop de mal. Facile quand on a les bons outils. Maintenant, le comte compte les secondes alors qu'il fait un trou dans le mur à l'endroit exact où passent les fils qui alimentent la caisse en électricité. Qui alimentent donc l'alarme. Du moins, il espère que c'est le bon endroit.

La sueur coule de son front. Des gouttes pendent même au bout de son nez et tombent une à une en faisant une petite flaque à ses pieds.

Dix-sept, dix-huit, dix-neuf, vingt, un morceau de plâtre se détache.

Vingt et une, vingt-deux, vingt-trois, une autre goutte tombe par terre.

Vingt-quatre, vingt-cinq, le comte Arbour tâte l'intérieur du mur pour trouver les fils.

Vingt-six, vingt-sept:

— Les voilà!

Vingt-huit, vingt-neuf, clic! la pince a tout coupé.

Les mains du comte tremblent. Son coeur bat très fort. Il prend une grande respiration pour ralentir le rythme des battements.

— Obobo maintenant.

Il se dirige vers le coffre-fort, colle son oreille sur la porte du coffre pour entendre le déclic du mécanisme et commence à chercher la combinaison.

***

Occupé à servir quatre adolescents en short fluo, Steve de Steve La Patate ne voit pas les deux inséparables et Notdog passer en courant. Leurs souliers de course pleins de boue ne font pas de bruit en touchant l'asphalte à chaque pas. On entend le léger cling! cling! que fait la médaille de Notdog en frappant son collier de chien.

Les alentours de la caisse sont toujours déserts. Ils arrivent enfin devant l'édifice.

— Qu'est-ce qu'on fait? demande Jocelyne à John.

— Tout est noir. Peut-être que le secrétaire n'est pas arrivé? On a couru vraiment très vite!

— On peut essayer la porte, juste pour voir.

Elle s'ouvre sans difficulté, comme en plein jour. Jocelyne hésite:

— Et maintenant?

— Euh! on entre, et on verra, suggère John.

— On n'a pas le choix...

À l'intérieur, la porte du coffre-fort vient tout juste de faire entendre un tic! et de s'ouvrir comme par magie. Le comte alors affiche un très large sourire, que personne ne peut voir.

Sans bruit, les inséparables avancent en faisant très attention où ils mettent les pieds. Ils sont venus souvent à la caisse, mais dans le noir, ils ne se souviennent plus où sont les poteaux et les cordons où on fait la file.

Ils s'approchent du comptoir. Leurs yeux s'habituent peu à peu à l'absence de clarté. C'est alors qu'ils voient passer un faisceau de lumière dans l'entrebâillement d'une porte.

— Le coffre-fort, chuchote John.

Ils longent le comptoir jusqu'au portillon qui permet de passer de l'autre côté de la salle, du côté du personnel de la caisse. Ils passent par-dessus, puisque pour l'ouvrir il faut actionner une sonnerie.

Jocelyne fait traverser Notdog dans ses

bras, car un saut ferait tinter sa médaille. Elle se demande d'ailleurs pourquoi elle n'a pas pensé à la lui enlever. Mais tout s'est passé trop vite.

«Tu ne pourrais pas me gratter en même temps derrière l'oreille? Ça me pique», voudrait demander Notdog à sa maîtresse. Mais ce n'est pas le moment.

Ils s'approchent. À l'intérieur du coffre, le comte trouve le coffret qu'il cherchait. Il l'ouvre et ne peut s'empêcher de s'extasier devant son contenu:

— Obobo! Enfin! La plus belle rivière de diamants sur le continent nord-américain! Quelle folle, cette Von Tritschler d'avoir baptisé ce joyau du nom d'un monstre imaginaire! Le collier est enfin à moi! À moi! Je suis riche!

C'est juste à ce moment que, n'y tenant plus, Notdog finit par se gratter lui-même. Et que la médaille tinte. Le comte se retourne vivement et se précipite vers la porte.

John et Jocelyne bondissent. La porte est très lourde, mais ils la poussent juste à temps, alors qu'un coin de la cape du comte s'y coince.

— Vite, il faut aller au poste de police

faire prévenir le Chef. Il faut empêcher Allistair A. Tair de décrépir, dit John.

— Déguerpir, John, pas décrépir. Tu as raison. Mais j'ai une question avant: «C'est le comte Arbour qui est enfermé ici, où est passé le secrétaire de Mme Von Tritschler?»

Chapitre IX
Méfiez-vous de l'eau qui dort

C'est Agnès qui a enfin brisé le silence.

— Ce n'est pas normal.

— Quoi? demande Jacques Les Bon-bonnes.

— Que John et Jocelyne ne soient pas revenus. Il a dû arriver quelque chose de grave.

— Tu les attendais?

— Oui.

— Ça me surprenait aussi que tu sois séparée de tes inséparables. Et où sont-ils?

— Partis avec Notdog à la recherche du comte Arbour.

Les Bonbonnes la regarde, interrogateur:

— Qui ça?

— Le comte Arbour. Celui qui nous a demandé de venir ici surveiller l'apparition de Obobo.

— La quoi?

— L'apparition de Obobo. Il nous a dit que d'après ses calculs, il devrait se montrer ce soir. Mais le comte ne savait pas de quel côté du lac. Il est à l'autre bout, et moi je suis ici avec un polaroïd à attendre comme une belle dinde l'arrivée du monstre.

Machinalement, Agnès joue avec l'appareil-photo.

Jacques Les Bonbonnes se met à rire:

— Mais ce comte Machin Chouette vous a conté des blagues! C'est impossible de prévoir une chose pareille. Même avec les ordinateurs les plus sophistiqués du monde, on n'y arriverait pas.

— Tu es sûr?

— Et comment! Il ne s'agit pas de statistiques ici, on parle d'un animal. D'un animal qui décide de ce qu'il fait, où il va et quand il sort de l'eau. Obobo, ce n'est pas un chiffre, Agnès!

En colère, Agnès se lève:

— Il nous a bien eus, alors! Mais pourquoi avoir monté cette histoire?

— Ne me demande pas ça à moi.

Elle réfléchit intensément:

— En tout cas, il nous voulait tous les trois ici. Puisque cette histoire de monstre est une blague...

— Attention, le monstre, lui, n'est pas une blague, la coupe Les Bonbonnes.

Mais Agnès ne l'écoute pas:

— ... c'est donc qu'il voulait qu'on ne soit pas ailleurs. Il voulait se débarrasser de nous. Alors John et Jocelyne sont peut-être en danger!

Alarmée, elle ramasse le polaroïd, la lunette d'approche, la couverture:

— Je retourne au village.

Les Bonbonnes va répliquer qu'il doit retourner vers le Chef, mais tout à coup, juste en face d'eux, des vagues trop fortes pour être provoquées par le vent viennent frapper les roches à leurs pieds.

Une forme noire glisse sur l'eau.

Jacques Les Bonbonnes et Agnès discernent très nettement les trois bosses luisantes qui s'approchent lentement. Ils retiennent leur souffle.

Tout près d'eux, l'eau s'agite de plus en plus. Et dans un grand bruit apparaît soudain un long cou, un très long cou qui n'en finit pas de se dresser. Tout en haut, une petite tête. Ni de chien, ni de cheval, ni de girafe. Une petite tête fine et ronde, lisse, un peu comme un chat sans poils et sans oreilles.

La créature s'est tournée vers eux. C'est à ce moment-là qu'Agnès a échappé le polaroïd et qu'il s'est brisé sur une pierre.

Chapitre X
Le comte y est

Le Chef a fait aussi vite qu'il a pu. Il arrive à la Caisse populaire à toute vitesse, la sirène de la voiture hurlant et le phare rouge tournant comme une toupie en folie. Le gardien du poste de police est là, avec Jocelyne et John.

Vite, un attroupement de curieux se forme, attirés par la voiture arrivée en trombe.

Il y a Steve La Patate, les ados aux shorts fluo, monsieur Bidou, le propriétaire de l'Auberge Sous Mon Toit, Jean Caisse, le gérant de la Caisse populaire appelé de toute urgence, et même Jo Tareau, qui dort au-dessus de sa quincaillerie T. Zoutils, juste à côté de l'auberge.

— Il est à l'intérieur du coffre? demande le Chef aux enfants.

— Oui, on l'a enfermé dedans, répond Jocelyne.

— Bravo! Si vous n'étiez pas si jeunes, je vous engagerais. Allons-y.

Le Chef monte les marches, hésite:

— Euh!... Mais qui est dans le coffre?

— Le comte Arbour, répond John.

— Qui ça?

Accompagné de Jean Caisse et suivi par les inséparables, le Chef se rend au coffre-fort. Jean Caisse compose la combinaison et l'ouvre. Le collier toujours dans les mains, le comte n'offre aucune résistance.

Le gérant saisit le collier et le serre contre lui comme s'il lui appartenait. Le Chef s'approche et passe les menottes au comte. Un coin de sa moustache pendouille.

— Alors, on joue les nobles, dit le Chef en lui arrachant le reste de la moustache.

Il tire sur les cheveux lisses qui n'étaient en fait qu'une perruque.

— Je le savais que je l'avais déjà vu! s'exclame John.

Devant eux, piteux, se tient le secrétaire de Mme Von Tritschler.

— Nous avons cueilli ton supposé spécialiste de monstres juste comme il quittait le chalet. Allistair A. Tair n'était pas sous l'eau, mais il s'est mouillé dans une sale affaire... blague le Chef. Le comte-secrétaire ne rit pas.

— C'est pour ça que l'autre l'a appelé l'acteur! À cause de son déguisement, dit Jocelyne.

Là-dessus, arrivent en courant Agnès et Jacques Les Bonbonnes qui a décidé de l'accompagner.

— On l'a vu! On l'a vu! répète Agnès sans arrêt.

— Vu quoi? demande Jocelyne.

— Obobo! Il est apparu, comme l'avait dit le comte!

— Le secrétaire, tu veux dire.

— Le secrétaire?! Comment ça, je ne comprends pas?!

Agnès le voit alors, menottes aux poignets:

— Qu'est-ce qui s'est passé ici?

— On te rencontrera plus tard, répond John.

— Racontera, pas rencontrera, le reprend Agnès automatiquement, sans comprendre.

Jocelyne ajoute:

— Et on a retrouvé Allistair A. Tair aussi. Pas dans l'eau, mais dans un chalet. Et bien vivant. Il va chercher des monstres en prison, maintenant.

— Quoi? Décidément, j'en ai manqué un grand bout, dit Agnès.

À ce moment, un couple de touristes logeant à l'auberge s'arrête devant le Chef. Évidemment de mauvaise humeur, la femme s'adresse à lui:

— Je suis contente de vous voir là! Car j'ai une plainte à formuler. C'est scandaleux de tromper les gens ainsi!

— Du calme, du calme. Qu'y a-t-il? demande le Chef.

L'homme enchaîne:

— Nous avons fait le tour de bateau de Mme McDuff pour voir, peut-être, le monstre du lac.

— Je ne comprends pas ce qui...

L'homme coupe le Chef:

— Nous l'avons bien vu, le fameux monstre!

La femme continue devant la petite foule étonnée:

— Oui, nous l'avons vu. Sauf que sa

tête n'était pas assez solide. Et elle s'est brisée.

Indigné, l'homme déclare:

— C'était un faux, Chef, un faux! Une fausse créature pour nous tromper!

Le coup est dur pour Jacques Les Bonbonnes. Et pour Agnès qui y croyait enfin et qui se dit déjà qu'on ne l'y reprendra plus.

Chapitre XI
On ferme!

La température a baissé soudainement, et le vent s'est levé. Ce samedi matin, la nature a donné un avant-goût de l'automne.

À l'agence, les inséparables reprennent le travail où ils l'ont laissé. Ils finissent le ménage en discutant de toute l'affaire.

Jacques Les Bonbonnes Grandfond passe sa tête à l'intérieur.

— Je peux vous donner un coup de main?

— Bien sûr, entre, dit Agnès à son nouvel ami. Car même s'ils ont vu un faux monstre, elle n'oubliera pas les sentiments qu'elle a partagés avec lui: la peur, l'émerveillement et la déception.

John donne un balai à Jacques:

— Tiens, tu peux délayer.

— Balayer, John, pas délayer, balayer, dit Agnès en riant.

John va répliquer qu'il est un peu tanné de toujours se faire reprendre, mais on frappe à la porte. C'est le Chef qui arrive, habillé en civil. Ses vêtements ont l'air trop petits, d'ailleurs.

Sans attendre de réponse, il entre et salue chacun.

— J'espère que ton oncle Édouard n'est pas resté fâché trop longtemps, Jocelyne.

— Non, il était même plutôt fier de nous. Mais je le comprends d'avoir été fâché! Il était tellement inquiet de ne pas nous trouver à la maison.

Le Chef s'assoit sur une chaise beaucoup trop petite pour lui:

— Eh bien! je viens faire mon rapport. Or donc, je pourrais dire que tout vient du fait que mardi prochain, c'est l'anniversaire de Mme Von Tritschler.

Tout le monde est attentif. Le Chef explique:

— Elle possède donc ce merveilleux collier de diamants que vous avez vu.

Mais elle ne le garde pas chez elle, car ça lui coûterait une fortune en assurances. En fait, il est exposé dans un grand musée, et elle ne le sort qu'une fois par année, à son anniversaire, le seul jour où elle le porte.

— Mais quel est le rapport avec Obobo? demande John.

Le Chef toussote un peu et continue:

— Vous n'êtes pas au courant, mais c'est une vieille habitude que de nommer un bijou de valeur. Comme Mme Von Tritschler le porte ici, elle l'a appelé Obobo. Et puisque son anniversaire n'est que mardi, elle a déposé son collier à la caisse pour la fin de semaine, comme elle le fait chaque année. Pour plus de sûreté.

Il fait une pause, se mouche et continue:

— La nuit de samedi, c'était le moment ou jamais pour son nouveau secrétaire de voler le collier et de s'enfuir avec. Car il se serait passé trois jours avant qu'on s'en aperçoive, la caisse étant fermée jusqu'à mardi.

— Mais pourquoi toute cette mise en scène? demande Jocelyne.

— Il voulait premièrement se débarrasser de moi. En m'envoyant à l'autre bout du lac chercher son complice soi-disant noyé. En passant, il existe un vrai Allistair A. Tair. Et il est vraiment en tournée en Amérique du Nord. Mais il n'a jamais eu l'intention de passer par ici. Il ne croit pas à Obobo, j'imagine.

— C'est pour ça que je trouvais qu'il ne ressemblait pas à ses photos... dit Les Bonbonnes.

— Et nous dans tout ça? demande John.

— C'est mon deuxième point. Il avait entendu parler de vos exploits et ne vou-lait pas prendre le risque de vous avoir dans les jambes. Il a donc inventé toute cette histoire de comte et de monstre pour vous tenir éloignés.

— Il faut admettre qu'il a le sens du théâtre, commente Les Bonbonnes.

— Oui, un peu comme Mme McDuff, ajoute le Chef.

Les inséparables acquiescent.

— Ce faux Obobo, il fallait le faire! Le construire et le faire surgir de l'eau... dit Jocelyne, admirative.

Le Chef continue:

— C'était une belle pièce qu'elle avait réalisée là, avec l'aide de son fils. Dommage que tout se soit écroulé au dernier moment; ça aurait fait toute une publicité pour le village. Il paraît qu'avant la catastrophe, les passagers du bateau n'y ont vu que du feu et ont eu une peur bleue.

Tout à coup, un doute s'installe dans la tête d'Agnès. Elle demande:

— Il était où, le bateau, quand les passagers ont vu le faux monstre?

— Du côté de la plage municipale, un peu au sud, vers vingt-trois heures, pourquoi? répond le Chef.

— Oh! pour rien...

Le Chef se lève:

— Je crois que c'est tout. Alors, je vous laisse à votre ménage. Vous ouvrez de nouveau l'année prochaine?

Les inséparables font signe que oui.

— Très bien. Bon. Je vais aller acheter mes journaux du samedi.

Et le Chef sort en faisant craquer les marches et un des boutons de sa chemise trop serrée sur le ventre.

— Affaire chassée! lance John.

— Classée, John, pas chassée, reprend Agnès.

Jocelyne entreprend de brosser Notdog:

— Ça ne te rendra pas plus beau, mais

essayons toujours.

John va dehors décoller l'enseigne jaune orange de l'agence.

Agnès attire Les Bonbonnes vers elle et lui parle à voix basse, tout excitée:

— Du côté de la plage... au même moment... c'est complètement à l'opposé d'où nous étions!

— Mais c'est vrai! Alors... on a vu...

— Oui, on a vu le vrai Obobo!

Jacques Les Bonbonnes a du mal à ne pas sauter de joie. Puis il devient grave et chuchote:

— Tu sais Agnès, toute ma vie j'ai voulu prouver que Obobo existait. Mais aujourd'hui, je crois qu'on devrait ne rien dire. Garder ce secret pour nous. Pour laisser Obobo tranquille.

Agnès réfléchit. Elle aimerait bien crier à tout le monde qu'elle l'a vu, que c'est vrai. Mais elle sait que personne ne la croira. Elle sait aussi quel est le sort réservé aux animaux rares: on les capture, on les met en cage, on les analyse, on les isole et on les rend malheureux ainsi. Elle soupire:

— Tu as raison. On va le laisser en paix.

John entre dans l'agence, l'enseigne sous le bras:

— Bon, on a fini, on peut fermer, je pense.

Les inséparables font le tour de leur domaine une dernière fois cet été. Notdog qui voit passer McToffe au loin se précipite dehors en jappant. Jocelyne en profite pour entraîner ses amis à l'extérieur et dit:

— Tu sais, Agnès, malgré tout, moi, j'y crois encore à Obobo. Et je suis certaine que je vais le voir un jour. Bon. On va fêter ça?

Jacques Les Bonbonnes Grandfond leur dit au revoir et s'en retourne à son musée, heureux.

De l'autre côté de la rue, Dédé Lapointe passe avec une poignée de réglisses vertes.

«Les chips au vinaigre, ça ne marche pas», pense John en souriant pour lui-même.

Et les inséparables s'en vont lentement porter leurs paquets chez l'oncle Édouard.

Jocelyne appelle son chien. John entreprend de faire avec sa gomme la plus grosse *balloune* de sa vie. Et Agnès, silencieuse, marche en gardant précieusement son secret.